arc-en-ciel
cascade

Un chien sinon rien

Texte d'Alain Surget
Illustrations de Thierry Nouveau

RAGEOT•ÉDITEUR

À tous mes chiens d'anniversaire :
Mirca, Nounouche, Whisky, Viva, Islande,
Milka et ceux à venir. T. N.

Collection dirigée par Caroline Westberg

ISBN 2-7002-2701-8
ISSN 1142-8252

Je veux un chien !

Mathieu est à table, devant son assiette. Il n'a pas faim ; il vient de creuser un volcan dans sa purée et s'amuse à laisser dégouliner le jus de viande du cratère, comme s'il s'agissait d'une coulée de lave.

– Mange, dit son père, ça va refroidir.

Mais Mathieu n'écoute pas : il ouvre une tranchée avec sa fourchette, noie quelques morceaux de viande.

– Tu entends ce que je te dis ? Et cesse de jouer avec la nourriture.

Comme Mathieu ne réagit toujours pas, sa maman essaie d'attirer son attention :

– Tu as réfléchi au cadeau que tu voudrais pour ton anniversaire ?

L'effet est immédiat. Mathieu plante sa fourchette dans la purée et déclare :

– Je veux un chien !

Son papa secoue la tête.

– Non, non, il n'y a pas assez de place dans la maison. Un chien a besoin d'espace.

– Je veux un chien ! insiste Mathieu.

– Un chien, ça met des poils partout, explique sa mère.

– Tous mes copains ont des chiens. Je veux un chien, moi aussi.

– Il n'en est pas question ! répète son père. Il n'y aura pas de chien dans cette maison ! Tu peux choisir autre chose : une trottinette, des rollers, un jeu pour ta console...

Mathieu fait des grimaces et bougonne :

– Non… Je veux un chien !

Ses parents échangent un regard las, poussent un soupir.

– Je sais ce qu'on va t'offrir ! s'exclame soudain sa maman. Un film vidéo sur les chiens !

– Non ! s'écrie Mathieu en les regardant tour à tour dans les yeux. C'est nul ! Je veux un chien, un vrai, qui me lèche les mains, qui dort sur mon lit et qui court avec moi dans les escaliers !

– Et qui aboie toute la journée et déchire les pantoufles ! ajoute son père sur un ton sans réplique.

Mathieu baisse la tête. Sa colère monte, il devient tout rouge, serre les poings.

– Tu ne préférerais pas sept jolis poissons rouges ? propose sa mère. Un pour chacune de tes années…

– Nooonnn ! hurle Mathieu.

De rage, il détruit son volcan à coups de fourchette, projette du jus et de la purée sur la nappe en criant :

– Je veux un chien ! Un chien rien qu'à moi !

– Tu n'auras rien du tout si tu n'arrêtes pas tout de suite ! s'énerve son père. Si tu nous fais de tels caprices à chaque fois, on ne fêtera plus ton anniversaire.

– M'en fiche, déclare Mathieu. De toute façon, je ne veux pas de cadeaux si je n'ai pas de chien.

Le grand maître des chiens

Chaque matin, Mathieu se penche à la fenêtre de sa chambre et clame à qui veut l'entendre :

– Je veux un chien !

Chaque midi, quand il rentre de l'école, il crie à tue-tête dans la rue :

– Je veux un chien !

Chaque soir, avant de se coucher, il saute sur son lit en hurlant :

– Je veux un chien !

Mais ses parents ne cèdent pas.

Lorsque Mathieu accompagne sa mère au supermarché, il s'arrête près des clients, devant les étalages ou à la caisse, et il les tire par la manche. Puis il lève sur eux un regard implorant et souffle :

– Je veux un chien.

Et lors des visites à sa famille, personne ne peut plus placer un mot sans que Mathieu réclame un chien pour son anniversaire.

– Ça suffit, gronde son père.

– Tu sais, les chiens ont des puces, assure sa grand-mère.

– Et ils creusent des trous dans la pelouse pour enterrer leurs os, poursuit son grand-père.

Mathieu hausse les épaules et tourne le dos aux adultes trop raisonnables. Décidément, tout le monde se ligue contre lui !

Mathieu en veut à la Terre entière, aussi a-t-il décidé de faire disparaître les ennemis des chiens.

Brandissant le fusil désintégrateur qu'il a reçu pour Noël, il court dans le jardin en déclarant qu'il est le grand sauveur de chiens venu de l'espace pour leur rendre la planète. Il va se cacher derrière la haie et attend son premier ennemi.

Un homme passe sur le trottoir. Mathieu crie :

– Vous avez un chien ?

L'homme sursaute, tourne la tête, cherche qui a parlé, murmure :

– Euh, non…

Alors Mathieu pointe son arme vers lui, à travers le feuillage, et lance :

– **Djâââ !** Le rayon destructeur t'a touché !

L'homme poursuit son chemin, mais pour Mathieu c'est comme s'il avait été désintégré. La voisine, qui chasse toujours les chiens de son jardin, subit le même sort et disparaît derrière ses rideaux. Puis c'est au tour des éboueurs de se volatiliser dans l'atmosphère.

– Je fais de la place pour les chiens ! **Djâââ ! Djâââ !** conclut Mathieu après chaque tir.

Quand sa mère l'appelle pour venir manger, Mathieu répond :

– D'abord, promets-moi que j'aurai un chien !

Comme sa mère ne promet rien, le garçon dirige son fusil vers la porte.

– **Djâââ !** Plus de maison sans chien !

Quand le facteur lui demande de prendre le courrier, Mathieu rétorque :

– Seulement si j'ai un chien !

– Ce sont des animaux dangereux, répond le facteur. Ils m'ont déjà déchiré un pantalon et mordu le bras. On devrait tous les attacher.

Il dépose les lettres dans la boîte. Mathieu le vise dès qu'il a le dos tourné.

– **Djâââ !** Plus de facteur ! J'ai détruit tous les ennemis des chiens, triomphe enfin Mathieu, maintenant la place est libre !

Le cadeau d'anniversaire

Quand arrive le jour de son anniversaire, Mathieu se demande ce que ses parents vont lui offrir. Ont-ils compris qu'il désirait un chien, et rien d'autre pour ses sept ans ? Qu'il laissera tomber son fusil s'il peut aimer une petite boule de poils ? Qu'il est prêt à arrêter de jouer au gros dur pour leur faire un énorme câlin s'ils lui donnent un chien ?

« Dring ! » Ah, ses copains arrivent enfin ! Mathieu va ouvrir. Tous lui ont apporté un cadeau :

un livre sur les chiens, la vidéo-cassette des *101 Dalmatiens*, celle du film *Beethoven*... Puis c'est l'assaut vers les jus d'orange et les bonbons.

On court partout, on colle des bouts de sucettes dans les poils du tapis... Mathieu, lui, regarde la porte fermée de la salle à manger. C'est là que sa mère prépare la table pour le goûter. Il y a un formidable gâteau au chocolat planté d'un grand sept... mais surtout il y a son cadeau !

Mathieu tend l'oreille. N'a-t-il pas entendu un aboiement ? Son cœur bondit : un chien l'attend dans la salle à manger, c'est sûr !

– Vous pouvez entrer ! annonce sa mère en ouvrant grand la porte.

Mathieu se rue dans la pièce. Il se baisse, regarde sous la table, sous le buffet... Rien ! Où sa mère cache-t-elle son chien ?

– Ne sois pas si impatient, lui dit-elle. Assieds-toi avec tes amis et souffle d'abord tes bougies.

Il éteint ses bougies d'un seul « pfff ! »

tandis que retentit un « Joyeux anniversaire, Mathieu ! ». Sa mère lui tend alors un paquet enveloppé dans un papier à fleurs. La respiration de Mathieu se bloque dans sa gorge. Aucun chien ne peut tenir dans une si petite boîte !

– On-veut-voir-le-cadeau ! scandent les enfants.

Mathieu déballe son cadeau d'un geste machinal.

– C'est une boîte de peinture... de la peinture magique, il paraît, déclare un de ses copains en lisant l'inscription sur le couvercle.

– Tu pourras peindre tout ce qui te passe par la tête, lui explique sa mère. Avec cette peinture, on réussit tous ses dessins.

Mais Mathieu est horriblement déçu. Les larmes lui montent aux yeux. Il se mord les lèvres. Il espérait tant un petit chien avec lequel jouer ! Du coup, il n'a plus envie de gâteau, ni de s'amuser avec ses copains.

Les dessins magiques

Ce jour-là, il pleut. Mathieu ne peut pas sortir dans le jardin. Il s'ennuie seul dans sa chambre quand, tout à coup, son regard tombe sur la boîte de peinture.

« Tiens, se dit-il alors, et si je l'essayais ? »

Il remplit un gobelet d'eau et commence à peindre une tête de caniche. L'animal a la gueule ouverte, comme s'il voulait attraper quelque chose. Mathieu approche son doigt. La gueule se referme avec un « Clap ! ».

– Hééé ! crie-t-il en retirant sa main de justesse. Il a voulu me mordre !

Il prend une autre feuille, peint un cocker tout doux. L'animal sort sa langue et lui lèche la main.

– C'est… c'est vraiment magique, murmure-t-il.

Puis il peint un fox-terrier qui a l'air affamé. Alors il descend dans la cuisine, prend une saucisse et la tend au chien qui l'avale d'un coup ! Mathieu en est si étonné qu'il renverse son gobelet. L'eau se répand sur le dessin. Trempé, le chien se secoue.

– C'est incroyable ! Tous les chiens sont vivants !

Et soudain, il a une idée formidable.

– Ce n'est pas un chien que je vais avoir, mais dix, cent, mille ! Je vais en remplir la maison !

Profitant de ce que ses parents sont au salon, Mathieu se glisse derrière la grande plante verte de l'entrée, et peint sur le mur un berger allemand qui lève la patte. Aussitôt l'animal fait pipi dans le bac de la plante.

– Génial ! murmure Mathieu en se coulant dans la cuisine.

Un peu plus tard, sa mère découvre avec stupeur que le gigot a disparu du réfrigérateur. Sur la porte, un bouledogue se pourlèche encore les babines.

– Mathieu ! appelle-t-elle. Viens ici tout de suite !

Mais Mathieu est très occupé. Il peint sur le dossier du canapé un chien des Pyrénées avec des poils si longs qu'ils lui cachent les yeux. Sitôt le dessin achevé, le chien se secoue et ses poils s'envolent dans toute la pièce.

L'invasion

Les chiens ont envahi la maison. Il y en a partout : derrière les rideaux, dans les placards, au fond de la poubelle, sous les lits, en haut des armoires, entre les livres de la bibliothèque, de chaque côté de la porte, autour des fenêtres…

Il y en a même un qui s'est glissé dans un tiroir et qui a fait sa niche dans les chaussettes. Ils sont blancs, noirs, jaunes, rouges ou verts…

Certains ressemblent à des espèces connues. D'autres, issus de l'imagination de Mathieu, ont douze pattes, des têtes carrées, le ventre comme un tambour et la queue en trompette ou sont moitié chien et moitié crocodile. Sans parler de celui, un peu raté, qui a la truffe entre les oreilles et les deux yeux collés sur le dos…

Le papa de Mathieu n'ose plus descendre à la cave. À peine a-t-il franchi la porte que des grognements terrifiants retentissent et que des crocs menaçants se mettent à luire dans l'obscurité.

La nuit, les bêtes ronflent si fort que personne ne peut dormir.

Non content de peupler la maison de chiens, Mathieu s'est

également attaqué au jardin. Depuis qu'il a décoré la boîte aux lettres d'une tête de doberman, elle aboie et montre les dents au facteur dès qu'il approche.

Les parents de Mathieu ont tout essayé pour empêcher leur fils de peindre davantage de chiens : la colère, la douceur, la menace de la punition, la promesse d'un autre cadeau... mais rien à faire ! Mathieu dessine des chiens en cachette dans les endroits les plus inattendus.

Si bien qu'un jour...

Enfin, j'ai mon chien !

En cette fin d'après-midi, un joyeux aboiement éclate dans le hall d'entrée. Mathieu découvre un joli petit labrador dans les bras de son père qui annonce :

– Je préfère encore un vrai chien à ces monstres qui ont envahi la maison.

Mathieu tend les bras vers l'animal, mais son papa précise :

– En échange, tu me rends ta boîte de peinture.

Mathieu sort la boîte magique de sa cachette.

– On a gagné, chantonne-t-il en claquant un gros baiser d'adieu sur le couvercle.

Puis il va la donner à ses parents qu'il embrasse aussi.

Mathieu serre enfin son chien contre lui. Il est le garçon le plus heureux du monde.

– Je vais t'appeler Ramsès, décide-t-il, car tu ressembles à un pharaon quand tu dresses les oreilles.

Tandis qu'il fait visiter la maison à son chien, son père creuse un trou profond dans le jardin, au pied du noisetier. Il y dépose la boîte et le rebouche avec soin.

– Finie la magie, souffle-t-il, soulagé, en tassant la terre.

Aussitôt les dessins s'effacent. Le réfrigérateur conserve toutes ses provisions, la plante verte retrouve ses couleurs, la cave redevient silencieuse et le facteur dépose à nouveau le courrier sans craindre d'être mordu.

La vie reprend, ponctuée des jappements de Ramsès, de courses dans les escaliers, d'os enterrés dans la pelouse...

Voilà bientôt un an que Ramsès est entré dans la famille. Ce soir-là, Mathieu est à table, mais il n'a pas très faim. Il joue avec ses spaghettis qu'il a transformés en serpents.

– Mange, dit sa mère, ça va refroidir.

– Sss ! Sss ! Sss ! siffle Mathieu qui imite le serpent prêt à attaquer.

– Obéis ! gronde son père. Et tâche de ne pas mettre de la sauce partout !

Comme Mathieu se prépare à un combat de serpents, sa maman lui demande :

– Qu'est-ce qui te ferait plaisir pour ton anniversaire ?

Mathieu relève la tête. Oubliés les serpents-spaghettis ! D'un ton résolu, il déclare :

– Je veux un chat ! Comme ça, Ramsès aura un copain.

– Pas question ! s'exclame sa mère. Je ne tiens pas à ce qu'il fasse ses griffes sur les meubles !

Son père ajoute :

– En plus, les chiens et les chats ne s'entendent pas. Tu imagines leurs bagarres perpétuelles !

– Je veux un chat ! répète Mathieu, plus têtu que jamais.

Ses parents haussent les épaules.

La boîte de peinture est bien enfouie sous terre, il n'y a aucun risque que Mathieu peigne des chats partout.

Mais Ramsès a un flair infaillible pour découvrir les objets enterrés...

Dans la même collection

arc-en-ciel cascade

Un affreux petit diable
Gilles Fresse – Camille Meyer

Une amitié difficile
Jean-Côme Noguès – Morgan

Animal Circus
Jean Alessandrini – Sophie Kniffke

Boniface roi de la casse
Paul Thiès – Thierry Christmann

Le champion des papas
Stéphane Daniel – Christophe Besse

Un chien sinon rien
Alain Surget – Thierry Nouveau

Une grosse dispute
Geneviève Senger – Thierry Christmann

Grosse peur dans l'ascenseur
Ségolène Valente – Nicolas Julo

L'homme à la veste à carreaux
Catherine Missonnier – Anne Bozellec

J'adore les anniversaires
Stéphane Daniel – Sophie Kniffke

Lulu est trop curieuse
Nadine Walter – Isabelle Dejoie

Pagaille à la cantine
Amélie Cantin – Thierry Nouveau

Le petit ogre et la princesse grenouille
Paul Thiès – Christian Heinrich

Le pirate qui détestait l'eau
Yves-Marie Clément – Morgan

Plumette une poule super chouette
Anne-Marie Desplat-Duc – Morgan

Une sorcière pas comme les autres
Monique Hion – Anne Bozellec

Tonton la Bricole
Christian Grenier – Christophe Besse

Achevé d'imprimer en juin 2001
sur les presses de l'Imprimerie Moderne de l'Est
25110 Baume-les-Dames
Dépôt légal : juin 2001
N° d'édition : 3625
N° d'impression : 15171